奇想三十六計❷

隔岸觀火扯後腿

文—岑澎維　圖—茜 Cian

目錄

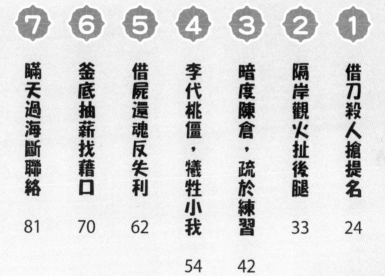

作者的話

三十六奇計的智慧與自信

◎文——岑澎維

還記得第一次讀孔明運用空城計嗎？十五萬大軍踏得塵土沖天，往西城蜂擁而來之際，孔明身邊別無大將，城中僅有一班文官與二千五百名士兵，令人忍不住為他捏把冷汗的時候，我們知道，諸葛先生一定有辦法！

這就是三十六計的神奇，一個計策翻轉結局。因此，著手寫這一系列故事的時候，最先浮現腦海的，就是三十六計的玄妙入神，而有最初的《調虎離山神救援》。

當然，計策的運用牽連到許多因素，天時、地利、人和缺一不可，隊友的協助更是重點，但有時候幫了倒忙反而增添麻煩，《隔岸觀火扯後腿》便是在這樣的情況下產生。

強勁的對手增加計謀的難度，但是若能贏過一位實力堅強的神對手，不也是得勝之師的最高榮耀嗎？如果贏不了，就只能像司馬懿在得知真相之後，仰天長嘆一聲：「吾不如孔明也！」因此寫下《金蟬脫殼逆轉勝》。

處處驚險但步步為營，輕風徐來，坐在樹下讀一本《三十六計》，遙想當年兵臨城下的緊急，我們看到絕處逢生的神妙，這一場戰地奇蹟，彷彿陽光穿透，在圍籬上開出的一朵小花，值得我們靜靜欣賞。

在經營這一系列故事的時候，我想起十年前在雲林縣東榮國小的一次作家有約，在圖推高進榮老師編輯的回饋畫冊裡，赫然出現「不難找國小」這個有趣的校名與「難不倒校長」，讓我看了便忍不住想要為它寫個故事。

在故事想像的階段，這所趣味十足的國小，便從我的腦海中蹦出，我想起當時的允諾：如果我以「不難找國小」為根據地，拓展出故事，我將回饋給東榮國小的孩子，每人一本這系列的書。

如今，這個故事已然完成，再次取得高老師的同意，很開心他給了這個故事一個精采的起點，大方迎接這群對三十六計有興趣的孩子進駐，在裡面以闖關的方式，操演三十六計。

計策是供人運用的，故事中的藍步島老師以闖關的方式，讓學生練習運用，希望透過這個方式，讓孩子們對三十六計有初步認識。

老祖先的智慧在歷史長河中，激盪出美麗浪花，何妨試著將三十六計運用在生活之中，它看似高深，然而，在需要使用的時機，恰當的計策也真的是，不難找啊！

不難找國小

人物介紹

藍步島老師

剛加入不難找國小的熱血老師，有一點冒冒失失，但也誤打誤撞的找到了其實很難找到的「不難找國小」。作為六年級奇謀詐計班的導師，有滿滿的熱忱和好學精神，看起來真的什麼都「難不倒」他。

林明輝

綽號「阿輝」，長得高又壯，是不難找國小裡的小霸王，一年級剛入學就和高年級學長打架，轟動全校。擅長闖禍，無聊時也會欺負低年級的學生或是以捉弄班上同學為樂，整天都跟好朋友「鐵倫」黏在一起，讓父母、老師都很頭痛。

陳聿倫

外號「鐵倫」，熱愛運動，特別喜愛打籃球。身材又高又瘦，因為長時間運動的關係，皮膚晒得黑黑的，和林明輝是死黨。

黃孟凡

外號「亮亮」，因為從小是諸葛亮的超級粉絲，恨不得把自己的名字改成「黃亮亮」。聰明認真，是師長們心目中品學兼優的好學生，也是第一個挑選奇謀詐計作為主題課程的六年級學生。

楊若欣

是班上的風紀股長。觀察入微，能從蛛絲馬跡中找到真相。同時擁有一手好廚藝，曾在五年級的全校烹飪比賽中奪得冠軍。

林愛佳

奇謀詐計班的班長，當班上同學有糾紛或者難題時，愛佳總是會沉穩的協調，必要時也願意犧牲小我，為班級爭取更好的榮譽。在美術方面頗有天分。

康宥成

個性憨厚又有些膽小怕事，有時候也有點迷糊，老是丟三落四，常被阿輝針對甚至霸凌。為了自保，只好找上聰明的亮亮作為護身符。

三十六計基本介紹

三十六計是一本古書嗎？

「三十六計」指的是三十六條計策，到目前為止，還沒有證據顯示，這些計策在古代已經成書。

最早是何時出現的？

「三十六計」這個名詞，最早的紀錄出現於《南齊書》中的〈王敬則傳〉：「檀公三十六策，走是上計。」

這句話是說：

「檀公雖然謀略多，但在現實難以挽回，別無良策的情況下，全身而退就是最好的計策。」

檀公是南朝劉宋時期的開國名將檀道濟。檀道濟百戰沙場，儘管他智勇雙全、戰功彪炳，然而也曾發生過大敵當前，為了把犧牲降到最低，而冒險突圍的境地。

原文的「三十六策」是指「計策很多」的意思，「三十六」是虛數，代表「很多」的意思，當時還未出現三十六條計策。

如何形成現在的三十六條計策？

「三十六策，走是上計」後來演變為「三十六計，走為上策」。這句話

成為流傳民間的俗語，老幼皆知。但人們不明白三十六計究竟是什麼，於是有人為了附會這句俗語，便從歷史上的軍事謀略、經典事例，及古代兵書中尋找例子，實際湊成了三十六條計策。

於是，「三十六」從原本的虛數化為實數，後來的人又加以注解、說明、舉例，就成了我們現在熟知的三十六計，以及許許多多的《三十六計》書籍。

三十六計的內容有哪些？

這三十六條計策分別是：

瞞天過海、圍魏救趙、借刀殺人、以逸待勞、趁火打劫、聲東擊西、無中生有、暗度陳倉、隔岸觀火、笑裡藏刀、李代桃僵、順手牽羊、打草驚蛇、借屍還魂、調虎離山、欲擒故縱、拋磚引玉、擒賊擒王、釜底抽薪、渾水摸魚、金蟬脫殼、關門捉賊、遠交近攻、假道伐虢、偷梁換柱、指桑罵槐、假痴不癲、上屋抽梯、樹上開花、反客為主、美人計、空城計、反間計、苦肉計、空城計、走為上策。

三十六計有什麼用途？

三十六計不僅能運用在軍事上，在比賽、商場、人際關係上也處處可見；我們了解三十六計，才知道自己可以怎麼做、別人可能會怎麼做，畢竟，知己知彼，才能你攻我守，做好預防和應變！

序章 奇謀詐計積分戰

走進位在車水市馬龍里正中央的不難找國小，從校門望去，就會看見一棟金字塔形的建築，那是不難找國小的科任大樓，辦公室和科任教室都在這裡。從遠處看去，它和後面的倒三角錐建築，形成一個六角星星。

往裡走去，會發現那棟倒三角建築是不難找國小的教學大樓，各班級的教室都在這裡。藍步島就在這棟倒三角錐的六樓，擔任六

年級奇計班的導師。

奇計班，顧名思義就是以「奇謀詐計」為課程主題的班級，這個班級裡的學生們，每天都跟著藍步島老師研究《三十六計》的多重妙用。

不難找國小的教學大樓看起來就像個倒三角錐，
現在看還是覺得這個設計很特別。
唉，
看到活潑可愛的一年級學弟妹，真令人懷念啊，那時候都不用爬樓梯。
是啊，年級越高，爬的樓層也越高。到了六年級，教室就在最頂樓，彷彿遠離塵囂的隱士一般。
對啊，以前一年級所有新生都在同一班，到了六年級，按照興趣和學習主題分班。
我們一天到晚研究三十六計，就更像諸葛亮那樣隱居在教室裡了。
最像諸葛亮的人就在前面，黃亮亮，等等我們！

哈哈哈哈
六年6班
話說回來，我是因為喜歡諸葛亮、喜歡三十六計才選擇奇計班的，
不過阿輝和鐵倫，到底為什麼會被分到我們班呢？
咚！
大家早安。
早安！
噹——噹——
喲！康宥成，今天又有你妹妹準備的愛心早餐啊？讓我看看你吃什麼好料？
林明輝，回自己位子坐好！

好，今天來統計一下大家使用計策的情況。各位用過的計策和積分都統計在這裡，現在已經用掉十二計，
打草驚蛇 欲擒故縱 80 分
反間計 70 分
圍魏救趙 假痴不癲 80 分
笑裡藏刀 拋磚引玉 擒賊擒王 85 分
調虎離山 美人計 指桑罵槐 85 分
苦肉計 70 分
不如大家來分享一下，運用計策的心得吧。
老師，我真的想不出生活中還能運用什麼計策，除了苦肉計。
哼！你根本沒有認真想。
老師說三十六計就是古人的智慧，如果能好好運用，就能成為神隊友。
像我不但跟班長合作用計調查，還能用美人計讓你和鐵倫逃過一劫！
嗯！若欣說得很好。計策的運用講究團隊合作，如果為了得分而不擇手段霸占計謀，是不值得鼓勵的。
呃……我勉強用上兩計，成功救援好兄弟和我自己。
我能力有限，只能用計自保。還是亮亮最厲害！

別這麼說，我也是運氣好，不然也沒辦法成功。
老師，亮亮就是用「笑裡藏刀」害我考試成績退步的，應該扣分啦！
抄同學的作業本來就不對好嗎？我的計策都用在班級比賽上了。
很好。相信大家都還記得規則吧？只要有使用到計策，無論成功與否，都算得分。
闖關計分表
第一計 70
第二計 80
第三計 85
第四計 90
第五計 95
第六計 96
第七計 98
第八計 96
第九計 94
第十計 90
目前各位的得分差距不大，希望大家繼續努力，有機會神來一筆，施展一下妙計。
現在已使用過十二計，已經撕掉的貼紙就代表有人用過，不可重複使用。
用完計策，並在便利貼上寫下五十字左右的心得，交給老師，得到計策貼紙，就算得分。
圍魏救趙 笑裡藏刀 打草驚蛇 調虎離山 欲擒故縱 拋磚引玉
擒賊擒王 指桑罵槐 假痴不癲 苦肉計 反間計 美人計
借刀殺人 隔岸觀火 暗度陳倉 李代桃僵 借屍還魂 釜底抽薪
瞞天過海 遠交近攻 渾水摸魚 假道伐虢 偷梁換柱 反客為主
以逸待勞 聲東擊西 無中生有 順手牽羊 趁火打劫 金蟬脫殼
關門捉賊 上屋抽梯 樹上開花 連環計 走為上策 空城計

精采刺激的模範生選舉即將來臨，看看這次是誰將施展計策，成為模範生代表？一年一度的烹飪比賽，鐵倫打算在比賽中用點計謀，他能成功替班上守住冠軍嗎？語文競賽的參賽人選，究竟該如何分配，才能用計取勝，可真是令人為難啊！

面對接下來的各種挑戰，奇謀詐計班的六位同學，能運用計策化險為夷嗎？還是會聰明反被聰明誤，用計失敗反而扯後腿呢？

且看奇計班如何用計闖關，挑戰成為積分王吧！

1 借刀殺人搶提名

一年一度的模範生選舉又到了！

這陣子不難找國小裡暗潮洶湧，每個人走起路來都抬頭挺胸、充滿自信，把自己最好的一面展現出來。

每個人都相信自己是優秀的，但在提名模範生人選時，卻又客氣的再三推辭、禮讓別人，尤其是六年級的學生最會這樣。

六年奇計班裡，黃孟凡、林愛佳、楊若欣三人過去都當過模範

生，且暗中期待自己再次中選。

康宥成從沒當過模範生，甚至連被提名都沒有，但這一次，他突然有一種預感，覺得自己會當選。

時間來到小學生涯的最後一年，這是成為模範生的最後機會。

林明輝覺得比起過去，自己進步太多了——「進步」就是榜樣、就是楷模，就應該當模範！

「為什麼模範生一定要功課好？」林明輝這麼問鐵倫。

在林明輝心裡也有一個希望正在萌芽，他希望成為不難找國小第一個不靠學業成績當選的模範生。

「是啊，那些在老師面前都一副很聽話、很會做事的人，在老師背後卻老是凶巴巴的使喚同學，這種人絕不能讓他們當選！」

「對，沒錯。但是為什麼每次當選的，都是這種人？」林明輝無奈的說。

「這一次，我們千萬別讓這種人選上！」兩人撞拳、擊掌，就這麼決定，這一次絕對要阻止這種人當選！

不過，想當選模範生，首先就要有人提名你。

「我們班只有六個人，不可能提太多名額。」鐵倫這麼說。

小學一年級的時候，全班有三十六個人，可以提六個名額競選模範生。二年級時，全班有十八個人，可提名四個……這些過去的事，他們都還記得。

「現在，就算能提五個，唯一不會被提名的，肯定就是我。」林明輝說。

「我會提名你的！」鐵倫拍拍阿輝的肩。

「我也提名你！」

鐵倫決定從他了解不多的計策裡找出一個，好讓林明輝有機會當選模範生。

「我先提名你，你再提名我，我們兩個手腳快一點，先把名額搶

下來，這樣當選區模範生的就是我們兩個之一了！」

「啊，真是妙計！」

「接著，不是還有另外一個校模範生的名額嗎？我們就再提名一次，另一個人選就提康宥成，我們借康宥成來封殺女生，不讓女生提名。」

「這一招是不是『借刀殺人』？」林明輝問鐵倫。

「沒錯，就是想辦法不讓女生有提名的機會，一旦她們被提名，就一定會當選。」

一切彷彿都在他們兩人的掌控之中，就等藍步島老師公布選舉的日期！

選舉的日子總是突然到來，這天早上，鐵倫和阿輝兩人一走進教室，就聽到老師宣布要選模範生。藍步島老師用他明亮的雙眼掃過大家，說：

「注意，候選人只有兩位，得票數需要超過一半，也就是四票以上才能當選。」

即使已經歷過五次模範生選舉，但此刻大家還是覺得很緊張，就像握著一張彩券一樣，真是人人有希望，個個沒把握。

鐵倫能用「借刀殺人」之計，讓自己和林明輝兩人順利搶下提名嗎？

來吧，先提名後表決。我們先選區模範生，再選校模範生，候選人兩位，請提名。
林明輝！
陳聿倫！
吼～～
林明輝T
候選人只有兩位，得票數要超過半數，才能順利當選。
既然都沒超過半數，那就請大家進行第二輪提名。
我提名黃孟凡！
什麼？那我提楊若欣！
鐵倫想拿我當他的刀，才沒那麼容易！
恭喜亮亮，我們接著選校模範生吧！
黃孟凡正
好，恭喜楊若欣當選校模範生。請亮亮先發表感言吧。
楊若欣正
雖然全班只有六個人，但我覺得這種運用計策的過程，比過去的選舉更燒腦，也更令人樂在其中。
謝謝若欣的成全，還有鐵倫和阿輝，讓我體會到，越難得到的成果越是珍貴！
可惡！本以為可以運用「借刀殺人」封殺女生們，誰知道，完全不是我想的那樣。

陳聿倫便利貼

原本以為用「借刀殺人」之計，就能把我和阿輝一起送上模範生寶座，結果還是要靠平常的表現。借刀殺人不成，反而傷到自己，我真是個扯後腿的豬隊友。

失誤指數 ★★★★★

奇計積分 陳聿倫85分

借刀殺人

假借他人之手，去害別人，就是借刀殺人。

東漢時代的禰（ㄇㄧˊ）衡是一個很有才華的人，他口才好、有想法、寫得一手好文章，是一個前途無量的年輕人。

東漢末年，禰衡在曹操手下做事，曹操一開始很欣賞他的才華，但是

多次相處下來，曹操越來越不喜歡禰衡。

禰衡動不動就發脾氣，態度傲慢無禮，有一次甚至辱罵曹操，讓曹操氣得差點當場殺了他。在關鍵的一刻，曹操忍了下來，因為禰衡有好的名聲在外，如果讓他葬送在自己手裡，會引來非議。

於是，曹操把禰衡推薦給荊州刺史劉表。劉表起初非常尊重禰衡，經常採用他的意見，但是漸漸的，劉表也受不了禰衡的脾氣。

劉表想起江夏太守黃祖——一個跟禰衡有同樣脾氣的人。

於是劉表把禰衡推薦給黃祖。黃祖也重用了禰衡，禰衡同樣盡心盡力來回報他。然而，黃祖克制不了自己的脾氣，他可不像曹操、劉表那樣，耐得住性子。在一次言語衝撞後，黃祖大怒，就把禰衡殺了。

曹操、劉表沒有把禰衡殺了，而是假借別人之手，讓黃祖替他們做了這件事，這個方法就是「借刀殺人」。

2 隔岸觀火扯後腿

不難找國小的春天，像一座繁花盛開的國王花園。

花團錦簇的杜鵑花，在每個轉角盛開，春陽下盡情怒放五顏六色的花朵。不難找國小的的杜鵑花，讓整個校園看起來像一座喜氣洋洋的城堡。

繡球花也來湊熱鬧，一團淡紫、一團淺藍、一團粉紅，在矮牆邊到處開放，好像怕開得太慢，會趕不上這所校園裡的喜慶。

讓不難找國小熱鬧起來的，不僅僅是春天的花，還有各式各樣的海報。橫的、直的、圓形的、八邊形的……原來是模範生競選海報。學校說，有多少貼多少，不怕你來貼，有空位就擠進來！

這是六年級的模範生競選，由全校共同投票。首先由各班推派出區模範生代表，再經過一次全校選舉，選出一位——只有一位，成為市長獎模範生，接受市長親自表揚。

這是最高的榮耀，每位六年級的區模範生都摩拳擦掌，要吸引眾人的目光，希望能成為學校的代表。

在花團錦簇的校園裡，有的人會隨機來個自我介紹，向路過的學弟妹介紹自己；有的人會隨口來段相聲，讓大家聽得開心，記住自己；也有人會找同學一起跳舞，把場面炒熱，順便推銷自己。

作為奇計班的代表，亮亮跟老師還有同學商量了很久，決定來一段RAP，用饒舌歌詞的方式，說出想說的話。

「誰負責寫歌詞呢？」藍步島老師覺得這個方式很棒，隨口問了一句。

「當然是『我們』一起！」亮亮和她的智囊團齊聲響亮的回答。

「你們三個一起？」

「老師，是『我們』，包括你在內。」

「老師，別忘了，你是『難不倒』老師！沒有事情難得倒你。」

若欣和愛佳你一言我一語的邀請老師，加入亮亮智囊團。

「但是亮亮，每一票都很珍貴。你們除了向外拉票也要向內顧票，最好也找班上的男生一起來策劃，這樣他們才不會覺得，這不關他們的事。」藍步島老師提出他的顧慮。

「我也是這麼想啦，但是他們早就放話，說他們這次的計策是『隔岸觀火』，不會幫忙，也不會把票投給我。」亮亮猶豫的說。

阿輝和鐵倫自從在班上選舉失利之後，就決定不幫自己班上的模範生拉票了。更叫人失望的是，不幫忙就罷了，他們還打算扯後腿，把票投給別班的候選人。

連自己班上的同學都不支持，這樣怎麼會是「模範」呢？

經過亮亮和智囊團細心的觀察及分析，植物栽培班派出來的人選是文靜的吳翔恩。他謙和有禮、熱心助人，可惜不是校園中的風雲人物，而且不擅長表演，在這方面比較吃虧。

而籃球班推出來的是陳定志，雖然成績平平，不算品學兼優，但他是籃球班的靈魂人物，身手俐落、動作帥氣，走在校園裡，常常有一群學弟妹跟在他後面。學校裡有不少他的粉絲，呼聲很高，是亮亮的頭號勁敵。

如果能努力讓阿輝和鐵倫這兩票投給植物栽培班，而不要讓他們把票投給籃球班，對亮亮來說是比較有利的。

只是，該怎麼做才能讓「隔岸觀火」的兩人改變心意呢？

如果阿輝和鐵倫決定隔岸觀火，那不如努力說服他們投給植物栽培班的吳翔恩。至少不能讓他們投給籃球班的陳定志。
對啊，風雲人物陳定志是我們的最大勁敵。
不過阿輝平常就跟他不對盤，應該不會投給他。
你們得想辦法守住自己班上同學的票源啊。
鐵倫，聽說你常常用饒舌的方式跟你媽媽頂嘴，功力無人能及啊！
嘿，你怎麼知道？我就是這樣！
六年六班，六個精英，個個精采請你聽一聽……
這是我自己寫的歌詞，你可以給我一點建議嗎？
嗯？這邊怪怪的，應該要押韻？
不是說好隔岸觀火嗎？幹麼還幫她們？
我沒有幫她們啊，只是稍微改了一下……
奇計班的黃孟凡，六年六班的黃孟凡。投給黃孟凡，祝你快樂又平安！
投給黃孟凡，祝你快樂又平安！
嘿嘿！最後那句歌詞是我寫的喔！
這屆不難找國小的市長獎模範生
當選的是：六年六班黃孟凡！
謝謝大家投給我！鐵倫，謝謝你的幫忙，還有阿輝，也謝謝你沒跑票。
哼！我只是不想讓陳定志當選啦！

林明輝便利貼

雖然打的是「隔岸觀火」的主意，但是我分析了一下，亮亮的氣勢強盛，學弟妹們都追著她跑，就算我隔岸觀火，她還是會當選的。雖然和鐵倫說好，要投給二班的吳翔恩，但是最後我們還是都投給了亮亮。

失誤指數 ★★★★☆

奇計積分 林明輝80分

隔岸觀火

東漢建安五年，曹操在官渡之戰中大敗袁紹，奠定他在北方的地位。兩年後，袁紹病死，幾個兒子不但沒有團結起來，還為了爭奪權力互相攻伐。曹操看準時機，再次向袁氏出兵，打算消滅他們的勢力。

袁熙、袁尚兩兄弟只好逃往東北，投靠北方民族烏桓。倒楣的烏桓因為收留袁氏兩兄弟，而被曹操踐踏得遍體鱗傷，於是兩兄弟又去投奔遼東太守公孫康。

曹操知道後，並沒有進攻遼東，反而立刻班師回朝，不再出兵。眾人百思不解，難道曹操是畏懼公孫康？

幾天之後，公孫康便派使者來見曹操，使者恭敬的呈上一個錦盒，打開錦盒一看，裡面裝的竟是袁氏兄弟的頭顱。

原來公孫康與袁氏本來就不和，如果曹操出兵遼東，公孫康必定要與兩兄弟合力抵抗。於是曹操退兵，隔岸觀火，公孫康果然一舉擒下兩人，獻給了曹操。

3 暗度陳倉，疏於練習

一年一度的烹飪比賽開始報名了！

五年級時曾奪下全校烹飪比賽冠軍的楊若欣，正猶豫著要不要再次參加。

「你已經拿過冠軍了，再好也不會比冠軍還好，就把機會讓給別人吧！」愛佳給若欣的建議是這樣。更何況，六年級還有烘焙班和烹飪班，他們在教室裡玩食材的時間比別班多，還是不要跟他們競爭才好。

亮亮的想法就不一樣了，雖然若欣已經得過冠軍，但能多累積幾個不是更好？稱王封后要勇敢追求，不要怕獎杯太多。

「若欣，聽聽自己心裡的聲音在說什麼？」藍步島老師提供這個建議。

若欣聽見自己的心裡在說：「不參加，會後悔！」於是，她徵召亮亮和愛佳跟她一起報名，當她的助手。

「還可以再多一位助手！」一組最多可以有四個人。

「人多嘴雜，就我們三個吧！」亮亮覺得三個人就足夠了。

若欣卻覺得人多好辦事，且比賽規定要在短短一個小時內完成三道菜，時間緊迫，恐怕人手不足。

阿輝對這種事沒有興趣，康宥成有興趣但缺乏經驗，只有鐵倫有經驗又有意願。

四人組需要培養默契，三個女生都贊同六年級走廊上的小廚房，是最佳的練功坊。

但鐵倫可不這麼想。他覺得走廊上人來人往，大家都看見你在做什麼，這樣實力都被看光光，別班的選手更會因此提高警覺、加強練習，對己方不利，不如用個計策試試看。

「培養默契還要用計？」四個人站在走廊上的長桌邊討論，若欣覺得應該多練習，累積經驗最重要。

「經驗重要，計謀也重要啊！」亮亮想聽聽鐵倫的計策。

「我們來個『明修棧道，暗度陳倉』如何？」鐵倫剛剛讀完這一計，便打算拿出來運用。

鐵倫說，平常大家就在走廊上喝喝飲料、看看食譜；要練習，回家暗中練習，才不會讓對手知道我方早已熟練了。

烹飪班不用說了，不論是刀工、掌控火候，他們都得心應手，平常就在累積實力，比賽對他們來講，只是小菜一碟。

而身為烘焙班的四班，平常上課就圍著電爐、烤箱打轉，常常在走廊上就能聞到他們烤餅乾、烤披薩的香氣，現在為了烹飪比賽，他們更是頻頻練習，還打算一舉奪下冠軍呢！

當若欣他們坐在走廊上喝飲料、聊天的時候，烘焙班早就大大方方在廚房裡狂練刀工了。

他們完全不怕別班知道，不管是切洋蔥、切小黃瓜、切胡蘿蔔；有時候切塊、切片，有時候切絲、切丁，每次都是兩個人練刀工，其他人練習剝蒜頭、撿青菜，大家各忙各的，還能一起聊天大笑，切洋蔥時再一起流淚。烘焙班的組員都知道，最大勁敵就是隔壁的烹飪班。

「我們回去也要練這個喔！」若欣小聲的交代組員。

不久之後，又看見烘焙班練起了雕工。雕胡蘿蔔、雕蘋果、雕芭樂……午餐的水果全都拿來雕刻。

若欣邊觀察邊說：「這個就不必練了，食物好吃才重要，我們不需要華麗的外表。」

若欣發現，烘焙班和烹飪班分別推出「大鍋菜」和「小飯糰」兩支隊伍，平常練習時，兩組人馬互相支援，不分彼此的互用對方的工具，讓整個走廊廚房充滿家的味道。

最難能可貴的是，如果有其他班級要用廚房，他們絕對不逗留，一定讓別班優先使用。但是大部分的時候，根本沒有班級在那兒練習，加上烹飪班教室裡有自己的小廚房，因此，六年級走廊通常只有烘焙班在那裡邊聊天、邊練功。

「我覺得，他們很有奪冠希望耶！」

亮亮也經常觀察烘焙班，看看他們在做什麼。她發現他們總是互助合作，而且不怕讓人家知道他們在練習。

當他們把一罐醃好的白蘿蔔拿出來品嚐的時候，每個人都既期待又開心，還端了一小碟請奇計班的同學試吃呢！

雖然味道還有成長空間，但光看到他們的學習過程充滿歡笑，就很讓人羨慕了。

「好想加入他們喔，不管比賽得不得名，這種友誼就是大獎！」若欣真想跟他們一起邊玩邊學。

反觀奇計班，他們的隊名就叫「奇蹟」——如果能得到冠軍，就是奇蹟！

奇蹟隊四人約好每週六早上十點，在若欣家集合，大家一起動手做早午餐，舉凡義大利麵、麵疙瘩、蛋炒飯……想得到的菜色都練一遍。總是要等到十二點以後，大家才能吃一頓逾時的早午餐。

「看看我們的蛤蜊義大利麵，這個蛤蜊煮得恰到好處，吃起來鮮甜多汁！」

「我們這個麵條煮得才厲害呢，若欣的時間掌握得剛剛好！」

「洋菇切得也很漂亮，像一片片小水母！」

不過，亮亮還是忍不住提出她的疑問：

「可是我覺得，這盤義大利麵好吃的原因，是我們買現成的義大利麵醬。比賽的時候，應該不能自己帶……」

亮亮才說到這裡，大家就停了下來，若有所思的看著她。

亮亮說得對，比賽的時候，不能自己帶材料，一定要用學校提供的。
嗯，所以我們還要練習做義大利麵醬。
烘焙班曾做過，我經過時，常聞到陣陣奶香。
可是只剩三週……
沒事啦，我們暗度陳倉，加緊練習，一定可以的！
比賽當天
便當
便當？這題目的意思就是要我們化腐朽為神奇吧！
怎麼都是些我不愛吃的蔬菜啊？
鐵倫，你不要東張西望！
愛佳，先幫我熱油我來炒蛋……
按部就班慢慢來，冠軍一定是我們的。
看來同學們不只會玩、會讀書，廚藝更了得。
怎麼有燒焦味？
恭喜大鍋菜隊獲得烹飪大賽的冠軍！
烘焙班果然厲害，我們要承認。
對不起，我亂出主意害了大家。我們應該像他們一樣，努力練習才對！

陳聿倫便利貼

我以為只要用好計策就能決勝千里之外，比賽前生怕被別人知道我們努力練習的成果，而自作聰明用了「暗度陳倉」，現在才知道，我們根本沒有努力啊！

失誤指數 ★★★☆☆

奇計積分 陳聿倫90分

暗度陳倉

秦朝末年，秦二世即位之後，政治混亂，爆發民變，百姓紛紛起來反抗暴政。

一時群雄並起，劉邦率領部眾，最早攻入關中、進駐咸陽都城；而勢力強大的項羽，進入關中之後，便設下鴻門宴，打算在宴會上殺了劉邦。

劉邦順利脫險後，隨即帶領手下退守漢中。為了鬆懈項羽的心防，撤退時，劉邦特意命人將漢中通往關中山壁上的木棧道全都燒毀，好讓項羽相信，他們不會再回到關中。

但其實劉邦時時刻刻想的，都是要擊敗項羽、一統天下。他暗中培養實力之後，在西元前二〇六年派韓信東征。

即將出兵的韓信，表面上派士兵去修築當初燒毀的棧道，好回到關中。關中的守軍知道後，派出主力部隊防守在棧道出入口，並時時注意韓信陣營的進度，好阻止他們進攻。

而私底下，韓信卻派大軍繞道通往陳倉，在陳倉發動襲擊，一舉打敗敵軍，為劉邦後來的統一大業奠下基石。

「明修棧道，暗度陳倉」就是指當時的狀況。後來，「暗度陳倉」便是比喻表面上用明顯的行動轉移敵人的注意，卻暗中進行其他行動以達成目的。

4 李代桃僵，犧牲小我

秋高氣爽的季節來臨之際，正是不難找國小裡，最繁忙的一段時間。

校內的語文競賽就要開始報名了，每個競賽項目，每一班都要有選手參加。

在只有六個人的班級裡，要選出六名代表，是一件傷腦筋的事。比賽項目包含英語朗讀、國語演說、國語朗讀、作文、寫字和字音字形，要用什麼方式，才能找出適當的人選？

這個問題困擾著六年級的每個班，更讓導師們傷透腦筋，藍步島老師決定來協調看看，有沒有自願軍。

學過書法的亮亮，第一個舉手，她想參加寫字比賽；對朗讀很有興趣的若欣，自告奮勇說要參加國語朗讀；愛佳想了一下，便舉手報名參加作文比賽。

藍步島老師看向三個男生：

「你們呢？想參加哪一個項目？」

鐵倫和阿輝都搖搖頭，如果是籃球比賽還可以，但他們對語文

完全不在行。

「不在行也要有人參加啊！」班長林愛佳這麼說。

「是啊，我也不在行，但我都鼓起勇氣參加了！」若欣確實沒有參加過朗讀比賽。

最後還是康宥成先舉手，他選擇字音字形這個項目，他覺得這是剩下的項目裡，最沒有壓力的一項，趕緊選起來。

好了，只剩下國語演說和英語朗讀了。

「老師，可不可以重複參賽啊？」亮亮問。

藍步島老師回答：「學校規定，一個人不可以參加兩項以上的競賽。」

鐵倫看看阿輝，阿輝又看看鐵倫，兩人聯合抗議：

「你們把最難的留給我們！」

「哪有？誰叫你們不早一點選，剛才『字音字形』根本沒人選好不好。」亮亮也有話要說。

但是鐵倫和阿輝硬是不肯，要求重選代表。

班長愛佳也提出她的看法：

「三十六計裡，不是有一計『李代桃僵』嗎？」愛佳說完看著藍步島老師，老師點點頭。

愛佳繼續解釋：

「它原本的意思是，兄弟要像桃樹和李樹一樣互相友愛；用在策略上就是說，犧牲一點點小代價，來換取更大的勝利⋯⋯」

只是，誰願意犧牲呢？

既然都不在行，就只能李代桃僵，
如果阿輝和鐵倫能夠犧牲一點……
我不要！國語演說太恐怖了！我還寧可犧牲去寫書法！
既然這樣，亮亮，你去參加國語演說吧，還是有得勝機會的。
國語演說：黃孟凡
英語朗讀：
英語朗讀我真的不行，但我可以參加字音字形。
啊？那不就要我犧牲？
別忘了，我們是奇計班，在通往勝利的路上，難免要有人犧牲。
班長的提議很好，但是如果沒有人願意犧牲，那就無法贏得勝利。
雖然我的英語不怎麼好，但我願意犧牲，去參加英語朗讀。
呃……我還是參加作文比賽好了。
啊？怎麼搶走我的作文？
就這麼定案吧！接下來一個月，請各位好好練習，老師也會盡量幫你們的。
寫字：黃孟凡
作文：朴斐佳
字音字形：康宥成
國語朗讀：楊若欣
國語演說：黃孟凡
英語朗讀：楊若欣
比賽當天
我最崇拜的偶像是諸葛亮……
阿輝，你搶了半天，既不練習也不帶用具，真是浪費名額！
反正我是犧牲打啊。
國語演說優選
六年6班
黃孟凡
幸好我們奇計班還有亮亮。
哼！如果有人願意犧牲一下，
我們至少能抱回演說、朗讀和作文三張獎狀吧！
唉，好計策也要有好隊友才行啊！
雖然結果不理想，但準備過程才是最重要的，「曾經努力」才是重點！

林愛佳便利貼

看來好計策也要有好隊友配合才行，若是只想到自己，而不肯為團隊犧牲，無法「李代桃僵」，也是無法得勝的！

失誤指數 ★★★★☆

奇計積分 林愛佳80分

李代桃僵

古代有兩棵生長在一起的李樹和桃樹，在某一年春天，桃樹樹根被蟲蛀蝕，使得李樹也因而枯死。人們從這件事得到啟發，認為兄弟應該要像桃樹和李樹一樣，互相友愛、互相扶持。

「李代桃僵」用在謀略上，則是指在雙方勢均力敵，或者敵人的實力強過己方時，犧牲一點小代價，來換取更大的勝利。

戰國末年，趙國北邊經常受到匈奴的侵擾，趙王派大將李牧駐守雁門關，抵禦北方外族。李牧上任之後，並沒有立即出擊，他只是犒賞將士、加強訓練。

幾年之後，李牧讓邊塞的居民出去放牧，並派一些士兵保護放牧百姓的安全。匈奴看見機會來了，便出動騎兵去搶奪牲畜。

李牧讓士兵假裝敗退，犧牲小部分的居民和牲畜，藉此讓匈奴的軍隊相信，李牧的軍隊不堪一擊。果然不久後，匈奴率領大軍直逼雁門關，養兵多日的李牧，趁勢回擊，打得匈奴落荒而逃，再也不敢來侵犯。

5 借屍還魂反失利

語文競賽搶到「作文」項目的康宥成，其實也沒有多開心。因為他根本就不喜歡寫作文，每次寫作文，他就一個頭兩個大，不知道該怎麼下筆。

只是跟其他項目比起來，作文比賽時不必上臺，讓康宥成比較不緊張。

這段時間，康宥成有試著努力把作文寫好，希望能為班上奪下

一張獎狀。所以，他向藍步島老師請教寫好作文的方法。

「寫好作文的祕訣很簡單，多閱讀、多動手寫就對了，寫完讓老師幫你修改、提供建議，這樣就會進步。」

康宥成立志每天要寫一篇作文，因為這是愛佳讓給他的項目，他不能漏氣，比賽之前一定要好好準備。

但是第一篇作文要寫什麼好呢？

康宥成又去問老師，老師給了他一個方向，就寫跟自己的生活有關的事吧。

「什麼是跟自己的生活有關的事啊？」康宥成又問。

「你就先寫一篇『我的家人』吧！」

然而，康宥成覺得比賽不可能會出這麼簡單的題目，所以拖拖拉拉的，一直沒有動筆寫。

「寫好了嗎？」幾天之後，藍步島老師問他。

康宥成只能尷尬的說：「快寫好了！」

「你們全家也就四個人，需要寫這麼久嗎？」

其實康宥成根本沒寫，而且這天回家之後，他依舊沒有動筆。

距離比賽只剩下半個月的時間，宥成從楊若欣那裡得到一條寶貴的妙計，讓他恍然大悟，原來老師說的「多閱讀」確實是有道理的啊！

究竟是什麼樣的妙計，能幫助康宥成贏得作文比賽呢？

原來，楊若欣從報紙上剪下了一篇好文章，送給康宥成，並告訴他，比賽的時候，就用這篇好文章來照樣造句。

「這招是不是叫做『借屍還魂』啊？」

若欣沒想到康宥成會這麼說，愣了一下便笑了出來：「你形容得還真正確啊！」

於是，康宥成真的把若欣給他的那篇文章——〈當我遇到挫折時〉，一字一句用力的背了起來。

這是一篇關於挫折的文章，描寫遇到困難的時候，自己有什麼情緒，又怎麼讓自己很快的從壞情緒裡振作起來。它的文辭優美，還運用了很多修辭技巧，讓人讀起來很陶醉。

康宥成下課背、上課也背，坐著背、走路也背，就連做夢也在喃喃自語，他是認真的。

等到作文比賽當天，康宥成帶著滿滿的信心，走進比賽教室。

你就找一篇好文章，把它背起來。比賽的時候，不管什麼題目，都用這篇文章來「照樣造句」，
這樣肯定不會差到哪裡去啦！
這招是不是叫做「借屍還魂」啊？
當我遇到挫折時
在我的學習生涯中，我經常會遇到挫折。
在面對挫折的時候，不對，在遇到挫折的時候……
作文比賽當天
好緊張啊！不知道會出什麼題目？
當我面對挫折時，喔不對，當我遇到挫折時……
題目：我的家人
不！
沮喪
懊悔
失望
怎麼會這樣？我該怎麼寫啦？
唉……只能當成日記來寫了。
沒關係啦，下次再努力就好了。
都是我不好，我不該讓你用這招的。
若欣，你不要自責啦，是我自己搶了這個項目又沒認真準備。
老師說得沒有錯，寫好作文沒有捷徑。多閱讀、多動手寫，才是好方法！

康宥成便利貼

原本想借用好的文章來改寫，達到「借屍還魂」的目的。但這就像抽獎一樣，還要碰碰運氣，不能隨便亂套的！不過，我知道若欣是一番好意，我不會怪她。

失誤指數 ★★★★★

奇計積分 康宥成85分

借屍還魂

原本是指人死之後，藉著某種方式而復活。在策略上是指借用一些沒有實力的人或事作為傀儡，達到獲勝的目的。

西元前二一〇年，秦始皇於出巡途中忽然病逝，最受寵愛的第十八子胡亥，在權臣趙高與李斯的協助之下，祕密賜死賢能的長兄扶蘇，即位為二世皇帝。

胡亥即位後施行許多暴政，激起天下人的反抗，陳勝和吳廣便是其中之一。

陳勝、吳廣帶領九百名戍卒前往漁陽駐守，途中在大澤鄉遇上大雨，無法如期到達。按照當時的法律，這是死罪。眾人商量後認為，既然難逃一死，不如揭竿而起，推翻暴政。

當時有兩名天子人選深受百姓的愛戴，一個是被悄悄賜死而人民還不知情的扶蘇，一個是威望很高的楚國將領項燕，但他早在秦始皇滅六國之後，不知去向。

陳勝想到自己地位低下，無法得到眾人的認同，於是打著扶蘇與項燕的名義，號召群眾，因此得到百姓的擁戴。

陳勝先攻占大澤鄉，再向外擴張，占領附近地方，最後自立為王，國號「張楚」，這就是利用「借屍還魂」之計而達成的目的。

6 釜底抽薪找藉口

不難找國小附近，隔著一條馬路的距離，有很多家安親班，每一家都有一個討喜的名字，像是快樂安親班、青松加強班、高分菁英班、無敵課後挑戰營……讓人一看就覺得希望無窮。

然而進去之後，可就不一定了。

林明輝放學後，就是到「青松加強班」繼續加強。在「青松」加強班，其實一點也不輕鬆，再加上裡頭一絲不苟的老師們，更讓

人輕鬆不起來。唯一能讓人覺得輕鬆的，大概就是放學後，一進到加強班，就有一份好吃的點心等著大家，這也是林明輝願意每天來報到的主要原因。

吃完點心，半個小時之內就要把學校的回家作業寫完。

藍步島老師出的回家作業不多，通常二十分鐘就能寫完。但林明輝總能寫上一個小時，因為他老是邊寫邊玩邊講話，所以後面的遊戲時間就報銷了。再加上他錯誤太多，來來回回的修改訂正，又要花掉很多時間。

好不容易完成作業，接下來，加強班的老師會先發下一張考卷，通常是數學，再來一張國語，最後是英文。

三大張考卷寫完之後，天色已經黑得發亮了——所有的街燈全都亮了起來，林明輝才帶著三張沒寫完的考卷離開，老師要他回家繼續寫。

這就是林明輝放學之後的幽怨人生：寫不完的作業、考不完的考卷、聽不完的叨唸。

林明輝跟媽媽請求了好幾次，他不想去青松加強班，但媽媽總是說：

「不去加強班，放學之後你要去哪裡？更何況，現在你的成績已經『吊車尾』了，再不加強一下，你就要掉到馬路上，連車尾都看不到了！」

「掉在馬路上我就自己走回家，又不會怎樣！」

「林明輝，你忘了你四年級之前，不是第一名就是第二名，現在呢？別說是前兩名了，就連中間你都沾不到，更何況你們班也只有六個人！還敢說不去加強班！」

不能不去——這是媽媽的結論。

阿輝早就不想寫那些無聊又不斷重複的試卷，他問鐵倫要不要跟他一起上青松加強班，有個伴，就能把無趣變成有趣，這樣就不怕那些凶巴巴的老師了。

雖然鐵倫每天放學後也要去安親班，但他去的是「無敵課後挑戰營」。鐵倫的媽媽不想讓鐵倫換課後安親班，因為「無敵」的老師會很快就把孩子接到安親班，中間等候的時間最短。

林明輝也想過，乾脆讓自己換到無敵課後挑戰營去，但是林媽媽堅持不肯。

無敵課後挑戰營沒有這麼多考卷和作業，鐵倫還應付得了。他正在幫阿輝想辦法：「這釜底抽薪之計嘛，就是……」

「忘記帶」是一個好辦法，忘久了，老師也會忘記。所有的作業都能自然而然的被「忘記」，這麼一來，就不會成天被叨唸了。

「沒有用啦！」這招阿輝怎麼可能沒用過？

青松加強班有一位專門「協尋作業」的春天老師，不論天涯海角，她隨時都能帶著孩子，上山下海去把作業找回來。

鐵倫又教了阿輝幾招：作業不見了、放在學校、被同學帶回家了……只不過，林明輝是何許人物，怎麼會沒試過這些方法？可惜都被春天老師各個擊破。

「作業弄丟了，春天老師會再補印一份給你，而且把影印的錢算進下個月的收費單裡。」

「放在學校，春天老師會帶你回學校拿，反正就在對面。」

「被同學帶回家，春天老師會陪你去同學家拿。」

為了擺脫這些惱人的作業，鐵倫和阿輝花了很多心思去研究。

最後，鐵倫幫忙做出的決定就是，兩害相權取其輕。加強班的作業雖然比較多，但是一定要寫，不然阿輝受到的處罰更嚴重；而藍步島老師出的作業沒寫，頂多被唸幾句就沒事了，藍步島老師不會為難人的。

「好，就這麼辦！」

鐵倫想出的釜底抽薪之計，就是讓林明輝把學校的作業全部放在家裡，在加強班裡就寫加強班的作業，而且是寫前一天的作業。至於鐵倫教阿輝的說法則是：學校作業寫完之後就交給藍步島老師了，或是被老師收走了。

「藍步島老師」真是一個好用的擋箭牌啊！只不過，這一招真的有辦法讓阿輝逃過寫作業的命運嗎？

青松加強班
林明輝，你的回家作業呢？
春天老師
我寫完了，放在學校。也都訂正好，我們老師檢查過了。
就照鐵倫說的，用老師當藉口，嘻嘻！
阿輝，你的數學習作呢？
啊！我放在家裡了，明天帶來。
明天記得補交。
怎麼樣？我傳授的這招釜底抽薪很不錯吧！
嘿嘿！果然是兄弟！
林明輝，你這幾題都錯了，拿回去訂正！
喔，好啦！
六年6班
林明輝，你的國語習作呢？又忘在家裡？
老師你怎麼知道？真是什麼都難不倒！
這是你本週第三次缺交作業了，聯絡簿拿來！
回去又要挨罵了。
誰叫你都不交作業。
嘻嘻！媽媽才不會發現！

陳聿倫便利貼

逃避寫功課的「釜底抽薪」之計，就是比一比，看哪邊的老師比較凶就寫哪邊。至於怎麼樣才能不被媽媽發現，就看下一個計策了。阿輝說了兄弟平分，這個計策算我的，下一個就算他的了。

失誤指數 ★★★☆☆

奇計積分 陳聿倫95分

釜底抽薪

原義是指水燒開之後，若加入冷水讓它降低溫度，並非根本的解決辦法，直接把鍋底的柴薪抽掉，才是正確的止沸方法。

東漢末年，曹操迎漢獻帝遷都許昌，他挾天子以令諸侯，聲勢日增。當時盤據在黃河以北的袁紹，有意往南爭奪天下，便率領十萬大軍攻打許昌。而駐守在官渡（即現在的河南中部牟北一帶）的曹操，兵力只有三萬，兩軍隔河對峙，形勢上袁紹居於有利的地位。

由於雙方對峙的時間很長，糧食便成為關鍵。袁紹從河北調集一萬多車的糧草，囤集在烏巢，做好長期抗戰的準備。

曹操知道之後，率領五千精兵夜襲烏巢。袁紹準備的一萬多車糧草，頓時被大火燒得精光。

糧食斷絕，袁紹軍隊心情浮動，而此時曹操趁機發動攻擊，袁紹的十萬大軍望風而潰。袁紹逃回河北，從此一蹶不振。

在大戰前夕把對手的糧食燒毀，便是曹操的「釜底抽薪」之計。

7 瞞天過海斷聯絡

藍步島老師的回家作業向來不多，通常花二十分鐘就能完成。

如果想利用下課時間寫，老師也不會管，反正都是該寫的作業，什麼時候寫，老師都無所謂。

因此，奇計班的學生，每到下午太陽發威的時候，就喜歡躲在教室裡寫作業，寫一個字賺一個字，回家後就能好好的放輕鬆。

藍步島老師說，學習不是「多」就「好」，能吸收才重要，所

以藍步島老師出的作業一直不多。

「把寫作業的時間拿去做做運動、讀讀課外書、研究研究計謀，都是對身心有益的事，不需要一直在書桌前抄抄寫寫。」

這一點，阿輝澈底實踐。他把時間全都花在玩樂嬉鬧上，缺交的作業已經累積了一個星期，老師決定在聯絡簿上留言，告訴林明輝的家長。

「明輝媽媽：明輝最近的作業經常沒有帶來學校，請協助叮嚀他，每天晚上整理書包時，要把作業放進書包。」

隔天，林明輝的媽媽在聯絡簿上簽了名，但沒有回覆留言。雖然令人有點失望，但這種事難不倒藍步島老師。

雖然抄抄寫寫不是很重要，但是它背後隱藏的意義——「負責」，是很重要的。

藍步島老師決定去影印習作裡該寫的部分，讓阿輝在學校寫完。

雖然阿輝偶爾會留在教室寫，但大部分的下課時間，他仍會找藉口溜出去，玩到上課才回來。

如果那節下課逃不過老師的追緝令，他就在座位上發呆，再不然就是寫「青松加強班」的作業。

阿輝已被鐵倫影響——只看誰凶，不看作業內容！他認為自己

寫的作業已經夠多了，不需要再勞累自己的雙手。

又過了幾天，藍步島老師再寫了一則留言，要讓林明輝的家長知道，他的作業依然沒有交。

「明輝媽媽：明輝的習作簿依然沒有帶來學校，如果弄丟了，可以再買。明輝近來學習有些狀況，請媽媽撥空來校懇談。」

面對這些留言，明輝的媽媽竟然依舊不動如山！這讓老師感到事有蹊蹺，這不像明輝媽媽的作風，中間一定出了問題。

會不會是自己中計了？

藍步島老師發覺不對勁，立刻提高警覺，但他先不打草驚蛇，決定仔細觀察看看再說。

隔天，林明輝仍然沒有交作業，他也不怕老師寫聯絡簿，雖然口頭上答應明天會把作業帶來，但是好幾個明天過去了，依然石沉大海、音訊全無！

這會是什麼計謀呢？家長不為所動，阿輝又能為所欲為。

藍步島老師冷靜分析，阿輝的媽媽平常是很在意孩子學業成績的，雖然阿輝的成績一直退步，但是家人還是希望他能維持在一定的水準。

看來這個計策應該設計得不錯，所以他要親自破解。

藍步島老師把林明輝的聯絡簿再仔仔細細的看了一次，他似乎聞到一股不尋常的味道——沒錯，就是「簽名」！

這個簽名是造假的！

大膽假設、小心求證，藍步島老師猜測，這本聯絡簿上的簽名，是林明輝模仿媽媽簽的！

接下來就是要查出，是什麼辦法讓林媽媽接連好幾天沒簽聯絡簿，又不主動聯絡老師？

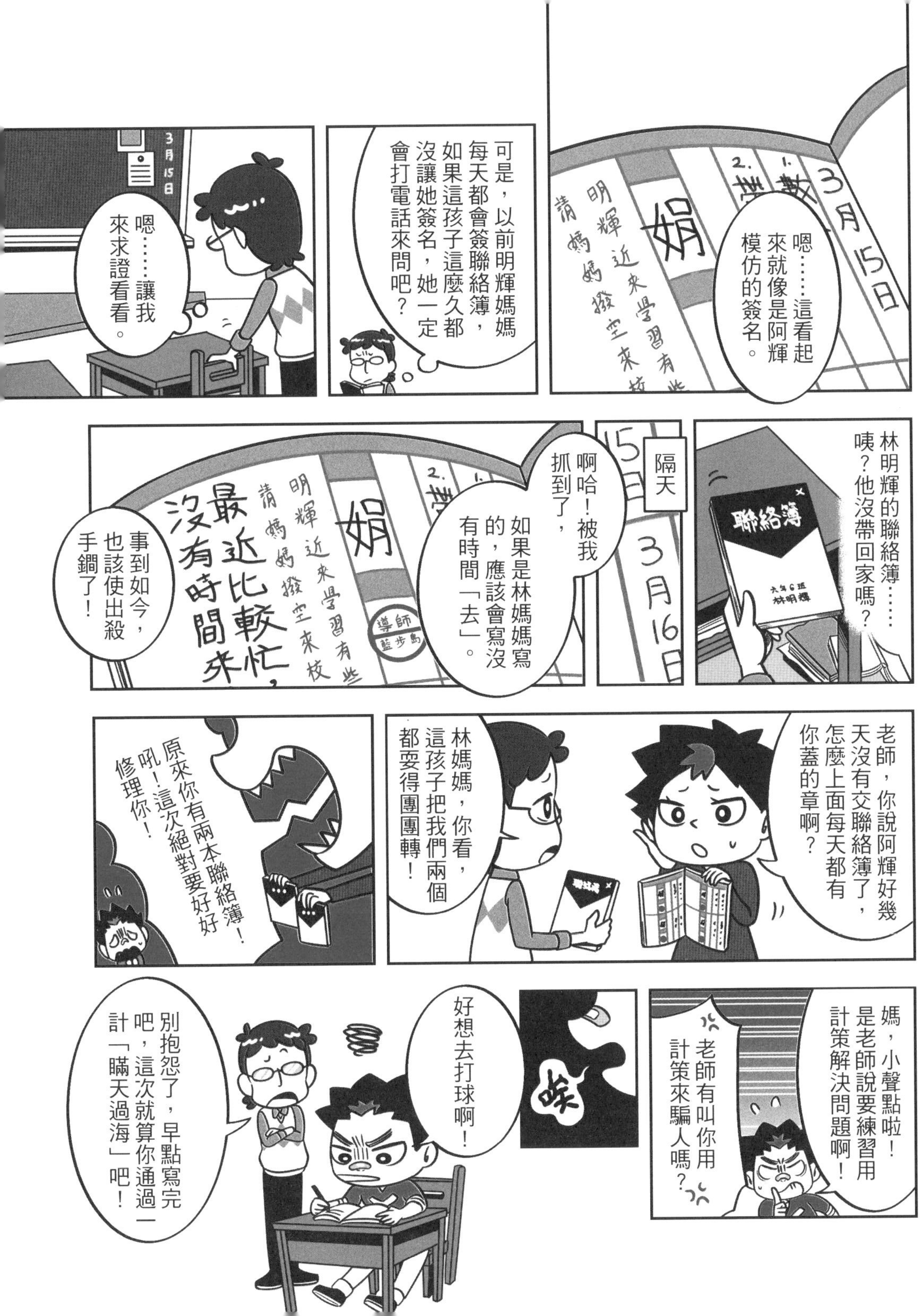

3月15日
娟
嗯……這看起來就像是阿輝模仿的簽名。
可是，以前明輝媽媽每天都會簽聯絡簿，如果這孩子這麼久都沒讓她簽名，她一定會打電話來問吧？
3月15日
嗯……讓我來求證看看。
林明輝的聯絡簿……咦？他沒帶回家嗎？
聯絡簿
六年6班 林明輝
隔天
3月16日
啊哈！被我抓到了，
如果是林媽媽寫的，應該會寫沒有時間「去」。
娟
最近比較忙，沒有時間來，
導師 藍步島
事到如今，也該使出殺手鐧了！
老師，你說阿輝好幾天沒有交聯絡簿了，怎麼上面每天都有你蓋的章啊？
林媽媽，你看，這孩子把我們兩個都耍得團團轉！
原來你有兩本聯絡簿！吼！這次絕對要好好修理你！
媽，小聲點啦！是老師說要練習用計策解決問題啊！
老師有叫你用計策來騙人嗎？
唉
好想去打球啊！
別抱怨了，早點寫完吧，這次就算你通過一計「瞞天過海」吧！

林明輝便利貼

老師不是常說，課餘時間多研究計謀，比寫作業還重要嗎？為什麼我還要補寫這麼多作業啊？想出一個天衣無縫的「瞞天過海」之計，需要動的頭腦，比寫作業還多啊！不過，現在媽媽比較凶，加強班的作業，就先放一邊去吧！

失誤指數 ★★★★☆

奇計積分 林明輝85分

瞞天過海

「瞞天過海」是一種透過隱瞞而達到目的的計謀。

貞觀十九年，唐太宗御駕親征，率領三十萬大軍要去攻打高麗。但當大軍來到海邊，皇帝望著汪洋大海與相隔千里的高麗，內心卻猶豫不已，因為他不敢乘船渡海。

就在進退兩難的時候，當地的一位老翁求見。老翁說三十萬大軍渡海的糧食，他已經為皇上準備好了，請派官員清點過目。

唐太宗聽了非常開心，帶著文武百官隨老翁來到海邊，只見家家戶戶都用彩色的帳幕圍住。老翁帶著一行人來到他的住所，屋子裡處處都是彩色的繡幕，十分搶眼，地上還鋪著織錦的墊褥，更顯得富麗堂皇。

老翁設宴款待官員，皇帝十分開心。酒酣耳熱之際，只感到風聲四起，波濤的聲音近在耳邊，桌上的杯盤搖晃，人也坐不穩。

皇帝命令大臣掀開帳幕查看，放眼望去，大海近在眼前，這哪裡是屋子？原來眾人此時早已經在海上，進退不得之際，就只能乘風渡海了。

連天子都被蒙蔽而渡過大海，就是形容欺瞞的手段相當高明。

8 遠交近攻難結盟

自從上次換座位之後，已經過了好長一段時間，奇計班都沒有再換過座位。

「現在班上政通人和、國泰民安，大家都相安無事，就不必再換座位啦！」

升上六年級，大家對「換座位」這件事，總是害怕多過期待。

老師也擔心一換就換出糾紛來，又要再換一次很麻煩。

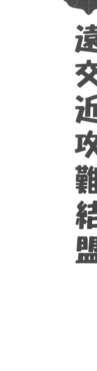

一年級的時候人數多，每個家長都希望自己的孩子坐在教室中央的位置，所以要常常換座位，讓大家輪流坐中間。

那時候一班有三十六位小朋友，老師每個星期都要換座位，免得坐在邊邊的孩子，常常抱怨看不到黑板上的字。

隨著年級越高、爬的樓層越高，孩子們對「坐在哪裡」就越不在乎，反而在乎「坐在誰的旁邊」。和好朋友坐在一起，上課、下課都覺得很快樂。

到了五年級，連家長都不會要求孩子該坐哪裡了，總是要等到老師說換座位，大家長長的拖出一聲「喔——」之後，才懶懶的問：「要怎麼換？」

六年級跟五年級的狀況差不多，而且怎麼換也就只有這些人，換不換都一樣，沒什麼好計較。

目前奇計班的座位從左到右是這樣的：

康宥成、林愛佳、陳聿倫、黃孟凡、林明輝、楊若欣

不過，鐵倫一直很想跟好哥兒們阿輝坐在一起。六年級剛開學時，阿輝原本是坐在鐵倫旁邊，但在阿輝將康宥成的桌子踢壞之

後，老師就讓全班換成一個男生、一個女生間隔坐。

那一次，只有林明輝和班長互換座位，便成功調成老師想要的樣子，其餘四個人根本沒有更動。

阿輝坐在亮亮和若欣的中間，雖然一直相安無事，但是他仍然想跟好兄弟坐在一起，這樣要聊天或借東西都比較方便。

所以當藍步島老師說：「好久沒有換座位了，我們就來換個座位吧！」每個人左看看、右看看，並沒有特別興奮，只跟想坐在一起的伴交換了眼神。

「老師，要怎麼換啊？」阿輝第一個提出問題。

「半個學期沒換座位，要換就換個澈底吧！」

藍步島老師掐指算了算，然後開出條件來：

「每個人都不能留在原地，左鄰右舍『盡量』不是舊鄰居，還有，必須維持一個男生、一個女生的順序。」

藍步島老師特別強調了「盡量」兩個字，但大家似乎不怎麼在意這兩個字。林明輝還沒聽完，就打算搬桌子往鐵倫旁邊靠，直到若欣提醒，「必須維持一個男生、一個女生的順序」，他才失望的端坐在椅子上，聽候亮亮她們的發落。

果然，亮亮、愛佳還有若欣，三個人馬上進行紙上作業，依照老師的要求理出個順序。

康宥成則在一旁用手指頭比劃，一會兒指指這裡，一會兒指指那裡，也想找出好辦法，但最後還是跟三個女生湊在一起，聽聽她們怎麼說。

「好了！終於找到公式了。」若欣大叫一聲。

愛佳班長拿著計算紙上大家商量出來的結果，跟老師報告移動的方式：「男生都往右移一位，女生都往左移三位，超出邊緣的人自動往另一邊數起。」

藍步島老師檢驗之後認為沒有問題，大喊一聲：「換！」

男生的座位向右移動一格，這個比較容易；女生要向左移動三格，花了一點時間，大家坐定位後，就先看看左右鄰居是誰。但是，鐵倫對於這個新座位的順序不太滿意，他想試試看不著痕跡的用個計策，好達成跟阿輝坐在隔壁的願望。

猜猜看，鐵倫會用哪一招呢？

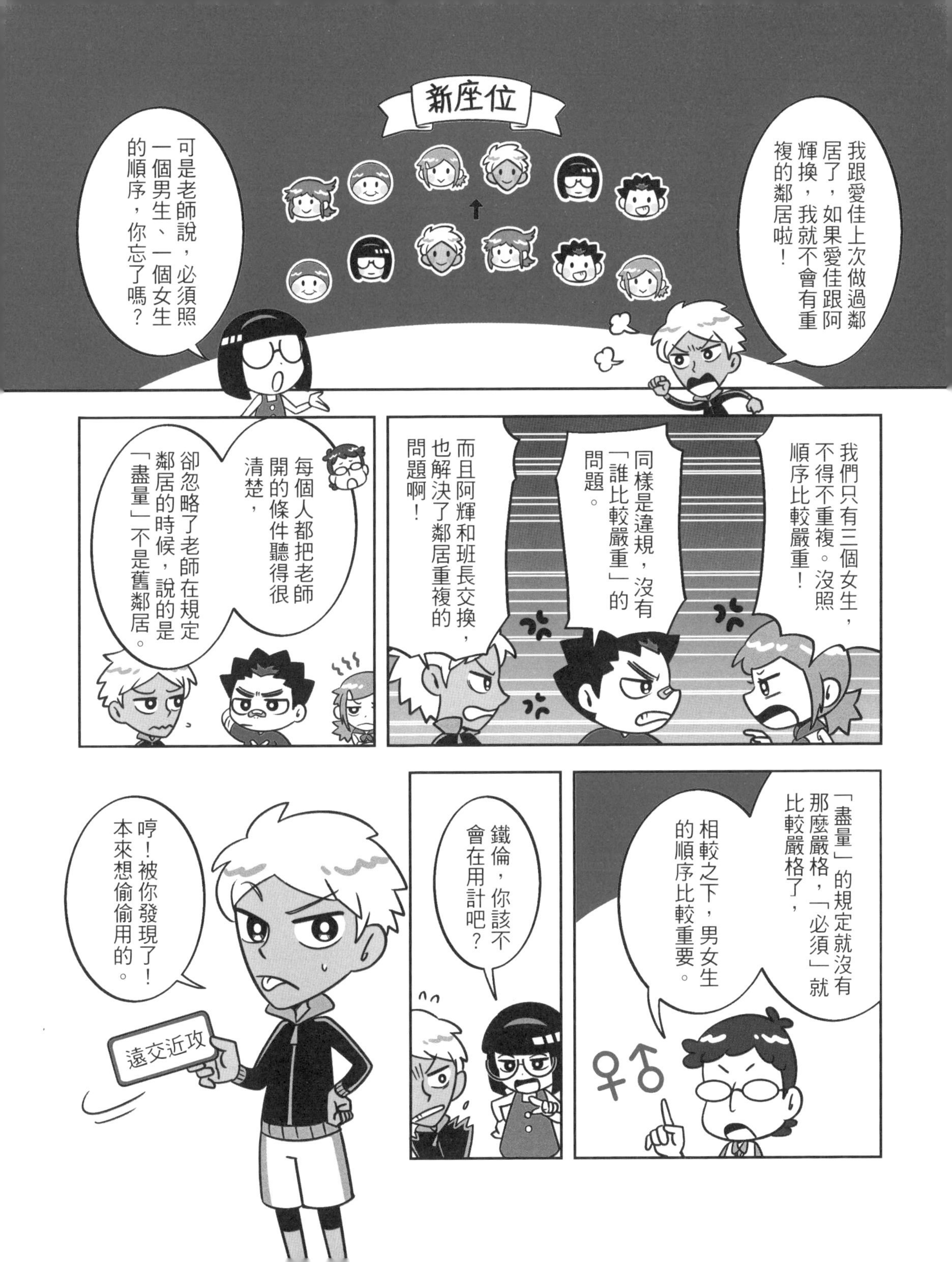
新座位
我跟愛佳上次做過鄰居了，如果愛佳跟阿輝換，我就不會有重複的鄰居啦！
可是老師說，必須照一個男生、一個女生的順序，你忘了嗎？
我們只有三個女生，不得不重複。沒照順序比較嚴重！
同樣是違規，沒有「誰比較嚴重」的問題。
而且阿輝和班長交換，也解決了鄰居重複的問題啊！
每個人都把老師開的條件聽得很清楚，
卻忽略了老師在規定鄰居的時候，說的是「盡量」不是舊鄰居。
「盡量」的規定就沒有那麼嚴格，「必須」就比較嚴格了，
相較之下，男女生的順序比較重要。
鐵倫，你該不會在用計吧？
哼！被你發現了！本來想偷偷用的。
遠交近攻

陳聿倫便利貼

真可惜！差一點就能透過遠交近攻，跟阿輝坐在一起。只能期待看看下次換座位的時候，老師會不會讓男生坐一邊、女生坐一邊啦！

失誤指數 ★★★☆☆

奇計積分 陳聿倫96分

遠交近攻

這是一種結交遠方的友好國家，侵略鄰近國家的計謀。

戰國末年，秦國越來越強大，秦昭襄王一心想要併吞其餘六國，統一天下。

西元前二七〇年，秦王打算越過鄰近的韓國、魏國，起兵攻打國力強盛的齊國。說客范雎卻向秦王提出「遠交近攻」的策略，認為應該與距離較遠的齊國保持友好關係，先兼併鄰近的韓國、魏國。

范雎告訴秦王，齊國國力強盛，兵力遠勝過韓、魏，冒險去襲擊遠方的強國，是不容易取勝的。應該與齊國建立友好關係，才能防止韓、魏、齊三國締結盟約，彼此協助。

於是秦王派人去與齊國結盟。

後來，秦國攻下了韓、魏兩國，又向南北進擊，往北攻下趙國與燕國，南下攻破楚國，最後把齊國也消滅了。

9 渾水摸魚，烏龍一場

「今天不是放假嗎？你為什麼還來上學？」

「你不是也來上學嗎？哈哈！愚人節快樂！」

四月一日愚人節這一天，很多人玩起了「愚人節整人遊戲」，整個不難找國小都籠罩在真假難辨的氣氛中。

鐵倫暗戀籃球班的蘇佳佳很久了，這是大家都知道的祕密。

雖然他從來沒有寫過情書給蘇佳佳，也沒有跟她告白過，但是許多同學都知道，鐵倫喜歡蘇佳佳。

蘇佳佳可就不清楚了，她也都是聽人家講的，她本人完全沒有感覺到鐵倫喜歡她。

鐵倫的臉皮薄，很怕受傷害，所以只敢偷偷暗戀蘇佳佳，不敢表白。不僅不敢表白，鐵倫也不喜歡別人宣揚這件事。儘管他悶在心裡，但全班同學仍然默默知道這件事。

「到底要不要告白？」這個問題一直困擾著鐵倫。

阿輝叫鐵倫自己去跟蘇佳佳說，但他始終不敢開口。

「頂多被拒絕而已，又不會少一塊肉。」阿輝這麼說。

「少一塊肉沒關係，被拒絕比較糟！」

「那你就不要告白了！」阿輝懶得再幫他想辦法了。

若欣了解鐵倫既想告白，又怕蘇佳佳生氣的心情，就趁著大家在玩愚人節整人遊戲的時候，走到鐵倫身邊，小聲對他說：「你要不要趁機去告白一下啊？」

「跟誰啊？」鐵倫打起迷糊仗，裝作不知道。

「還裝？再裝下去，別人就要搶先一步啦！」

楊若欣教鐵倫一個方法，趁今天大家都在互開玩笑的時候，去跟蘇佳佳告白，如果她生氣了掉頭就走，就趕快追過去說：「愚人節快樂」。這樣即使失敗了，也可以當作玩笑，比較不尷尬。

若欣說這招叫做「渾水摸魚」。

然而，即使得到若欣傳授的妙招，鐵倫仍然只敢在一旁笑著看蘇佳佳和別人開玩笑，不敢靠過去。

阿輝笑鐵倫沒膽量，打算示範給他看。鐵倫連忙把阿輝拉回來，他不想讓阿輝摻合這個遊戲。

「我自己去！」

好不容易，鐵倫鼓起勇氣，在若欣和阿輝的期待下，慢慢往蘇佳佳的方向走去。

哎呀！真是皇帝不急，急死太監！鐵倫的愚人節告白計畫，到底能不能成功呢？

你就趁著愚人節，來一招「渾水摸魚」告白看看啊！
真沒膽，需要我為你示範一下嗎？
喂！回來啦！我自己去！
蘇佳佳，那個呃……我、我……
唉！算了！
賭一杯紅茶，鐵倫告白失敗！
……吼！真是急死人了！
看我的！
喂！林明輝回來！
……喜歡你，愚人節快樂！
啊？你在說什麼？
林明輝喜歡蘇佳佳？
喂！鐵倫，我又沒說錯，幹麼發這麼大的火啊！
你這個豬隊友，闖大禍了啦！

楊若欣便利貼

鐵倫明明在渾水之中就能摸到魚，告白成功，偏偏殺出阿輝這個程咬金，讓這條即將到手的魚兒脫逃，還讓兩個人的友誼產生了裂縫。唉！真是個豬隊友！

失誤指數 ★★★★☆

奇計積分 楊若欣90分

渾水摸魚

「渾水摸魚」原本是指在渾濁的水中抓魚，在計策上則是利用敵人混亂的時候，趁機出擊，奪取勝利。

戰國時期，燕昭王以樂毅為上將軍，聯合秦、韓、魏、趙、燕五國之兵一起伐齊，一連攻下齊國七十餘座城池，最後只剩下齊襄王苦守的「莒城」，和大將田單率領軍民堅守的「即墨城」，兩座孤城遲遲未能攻下。

燕昭王死後，惠王繼位。田單趁機放出謠言，說樂毅有二心，燕惠王因此動搖，撤換了樂毅的職務，改派騎劫為大將軍，樂毅奔逃到趙國。

燕國將士對這件事忿忿不平，從此軍心渙散。再加上田單利用人們迷信鬼神的心理，謠傳有「神師」助齊，擾亂燕軍的心志，使對方的軍心更加動搖。

因此，當田單故意放出風聲，說齊國人最怕被割去鼻子時，燕軍立刻將齊國的俘兵割去鼻子；當田單放話說齊人最怕祖墳被挖，燕國軍隊便立刻去挖齊國人的祖墳。這些舉動激怒了齊國軍民，紛紛挺身而出，要與燕國決一死戰。

就在燕軍得意忘形的時候，田單找來一千多頭牛，讓牠們套上五彩的綢衣，牛角上紮著鋒利的尖刀，牛尾綁上泡過油脂的蘆草，趁夜點燃牛尾的蘆草，並把牛隻統統放出城。

牛尾被火燒到，疼痛難忍，立即往前衝。燕軍見狀以為齊國真的天降神兵，驚恐萬分，潰不成軍，於是在渾水之中，齊軍趁機一舉收復了全部的失地。

10 假道伐虢，收腳道歉

過去的每節下課時間，都能看到鐵倫和阿輝在籃球場上追逐跑跳的身影，但是自從愚人節之後，大家每天只會看到鐵倫和籃球班的同學一起打球。

上次和阿輝鬧得不愉快之後，鐵倫轉向籃球班，和陳定志他們玩在一起，打算再也不理阿輝。

其實，鐵倫跟籃球班同學一直是友好的，只是阿輝跟陳定志他們不和，所以鐵倫就很少去找籃球班。

現在，鐵倫決定只跟籃球班的同學玩在一塊兒了，因為阿輝在愚人節跟蘇佳佳告白，讓鐵倫沒有臺階可下。

籃球班的大衛和陳定志都對鐵倫情義相挺，因為他們也不喜歡林明輝，況且，林明輝常常跟人起衝突，為了一句話就跟別人爭得面紅耳赤，大家都不喜歡他。

「你怎麼受得了他的個性啊？」陳定志這麼問，鐵倫一時也答不上來。

大概是班上沒有人可以一起聊天了吧，他跟康宥成又玩不起來，兩個人自然而然的就湊在一塊兒了。

現在因為阿輝搶先一步去跟蘇佳佳告白，讓鐵倫傷透了心，才會演變成這個局面。

在跟籃球班一起玩的這段時間，鐵倫還是偷偷注意著阿輝的一舉一動，他想知道，蘇佳佳是不是也喜歡阿輝。

但是蘇佳佳下課時很少留在籃球場，就算留下來，她也不會主動跟鐵倫講話。所以鐵倫只好想想，有什麼計策可用。

有了！「假道伐虢」！鐵倫在心裡歡呼了一下，他不需要自己去問啊，只要跟籃球班打好關係，找個好友幫忙問一下，不是更容易嗎？還能順便聯合籃球班，修理林明輝。

至於阿輝這邊呢？他不知道鐵倫為什麼突然轉變這麼大，他只是去跟蘇佳佳開了個愚人節的玩笑，鐵倫竟然生這麼大的氣，使兩人的關係直接降到冰點。

阿輝突然覺得自己在學校沒有朋友了。下課時間，阿輝也不敢去籃球場，怕到了那裡會被圍攻，所以只能眼睜睜看著鐵倫跟籃球班的同學去打球，他則獨自留在走廊遠眺球場。

不過，這會不會根本就是一場誤會？林明輝真的搶先一步跟蘇佳佳告白了嗎？鐵倫的「假道伐虢」之計，真的能成功試探到蘇佳佳的心意嗎？

這一天，鐵倫再次拋下林明輝，跟陳定志一起打球。鐵倫趁機把愚人節那天發生的事告訴他，陳定志摸了摸自己像籃球一樣的腦袋，邊摸邊說：

「不會吧、不會吧！我去幫你問一問。」

鐵倫把他拉了回來：

「還有，你幫我問一下蘇佳佳，看她是不是也喜歡林明輝？」

陳定志拍了一下籃球，又拍了一下自己的腦袋說：「鐵倫，兄弟挺你！」就去找蘇佳佳了。

然而，陳定志帶回來的情報，就像一把巨大的鐵鎚，重重的敲在鐵倫頭上，讓鐵倫久久無法回神。

直到上課燈亮起了，陳定志才拉著心神恍惚的鐵倫往教室方向跑去。鐵倫聽到了什麼消息呢？

欸！陳定志，來鬥牛啊！
哈哈哈
卅卅
你是因為喜歡蘇佳佳，才跟我們打球的嗎？
才不是，我是氣林明輝亂講話。
就用假道伐虢這招，讓陳定志去試探蘇佳佳，順便修理阿輝。
愚人節那天……
總之，我想知道蘇佳佳是不是也喜歡阿輝？
不會吧，阿輝居然跟蘇佳佳告白？我去幫你問一問。
鐵倫，
我打聽清楚了……阿輝那天跑去跟蘇佳佳說的是：「鐵倫喜歡你！」
啊？
阿輝是這麼說的嗎？我錯怪他了嗎？
咚！
咚！
咚！
兄弟，對不起。差點破壞了我們的友情，我真是超級豬隊友。
沒事啦，我懂。
咚！

陳聿倫便利貼

本來想請籃球班的陳定志幫忙打探虛實，再決定往後的路怎麼走，沒想到是我誤會阿輝了，「假道伐虢」雖然沒有成功，及時收腳卻讓我修復了與阿輝的友誼。

失誤指數 ★★★★

奇計積分 陳聿倫98分

假道伐虢

「虢國」和「虞國」是春秋時代與晉國鄰近的兩個小國，晉獻公一直想要併吞這兩國。

但是兩個小國之間的關係良好，虢國有難，虞國一定會出兵相助；同樣的，虞國有難，虢國也絕不會袖手旁觀，因此，晉國一直難以下手。

於是，大臣荀息向晉獻公提出建議，請獻公將屈產這個地方的寶馬，還有垂棘出產的璧玉都送給虞國，請他們出借道路，讓晉國去攻打虢國。

這兩件禮物都是稀世珍寶，晉獻公很捨不得。

荀息安慰獻公：「放心，只是讓他們暫時保管罷了，我們還能再要回來的！」

得到良馬美玉的虞國國君，不僅同意讓道給晉國去攻打虢國，還率先帶兵去攻打虢國，完全忘了昔日的友好。

但是，當晉國把虢國消滅了之後，在回程的時候，輕而易舉的又滅了虞國。

「假道伐虢」就是指以借路為藉口，其實真正的目的是要消滅對方。

11 偷梁換柱，搶當志工

不難找國小的圖書館，就在科任大樓的三樓。

寬敞明亮的圖書館，簡直就是人間天堂。圖書館裡乾淨溫潤的木質地板，即使不看書，躺在那裡往天花板看去，那片畫滿了玫瑰的天花板，都讓人覺得自己就置身在花園裡。

翻個身，隨手一拿，就是一本好看的書，坐著看、躺著看、趴著看，都沒有人會管你的姿勢，看書就應該這麼愜意！

館內溫度永遠保持在攝氏二十六度，不管是開空調，還是吹著自然微風，都讓人想整天待在這裡。

如果想在圖書館裡待久一點，也是有辦法的。

不難找國小的圖書館有個特別的規定，小朋友手上只要有「金鑰匙」，就可以在午休時間到圖書館看書。吹著冷氣躺在圖書館的大沙發，手上拿著一本喜歡的書，不知不覺就睡著了——這是大家最渴望的午休時光。

想得到金鑰匙不難，只要參加圖書館每個月的徵文比賽得獎就成了。一旦得獎就可獲得兩把金鑰匙，每個月可以去圖書館享受午休兩次，這是多麼棒的獎品啊！

不過，想用金鑰匙也沒那麼簡單。圖書館每個月只徵文一次，每次只有三位學生能得獎，且一把金鑰匙限用一次。

得到金鑰匙的同學，可以自行挑選一天的午休時間，自由進出圖書館。當然，還要事先跟班導師講，導師同意了才可以來。

所以，當圖書館阿姨公告徵求一名小志工的時候，大家都搶著報名。這個人選，圖書館阿姨希望是六年級的同學，最後由借書最踴躍、還書最準時的康宥成脫穎而出。

圖書館阿姨請康宥成每個星期二中午去幫忙排書，星期四幫忙整理資源回收。這些工作做完之後，他就可以留在圖書館裡休息，直到下午上課再回教室。

這樣一個大好康，誰不想去呢？

林明輝從來沒有去做過志工，但他知道有這件事，也很想去圖書館體驗一下「五星級午休」，可惜他沒有金鑰匙。

康宥成也沒有得到過金鑰匙，但是現在，他成了小志工，每週有兩天中午，可以在圖書館舒舒服服的躺著睡午覺！這讓康宥成受寵若驚，決定要好好做這個工作。

就這樣，憨憨厚厚的康宥成，每週二準時去圖書館報到，認真的把學生們歸還的書排上書架。他像個專業的圖書館員一樣，永遠知道哪一本書該放在哪個位置，迅速把書送回家，這讓圖書館阿姨非常放心把工作交給宥成。

而週四午休鐘聲一響，康宥成就出現在圖書館，整理資源回收。做完之後，他還會額外幫阿姨排書，然後再舒服的睡個午覺，直到上課再回教室。

這是多麼令人羨慕的工作啊！

「康宥成，你運氣真好啊！」楊若欣用羨慕的語氣對康宥成說，宥成傻傻的笑著，好像他也不知道自己為什麼這麼幸運。

林明輝羨慕在心裡，但他什麼也沒說，只是冷冷的看著康宥成每個星期二、四中午，飛也似的往圖書館跑去。

直到某一天康宥成帶著一杯飲料回來，不愛睡午覺的林明輝，就更想奪走這個工作。

他並不想要飲料，也不是想要留在圖書館看書，更不是想要幫忙做資源回收，他只是看不慣康宥成這麼好運。

林明輝想到的辦法，不是去找圖書館阿姨，表達自己也想要來幫忙；也不是跟康宥成商量，兩個人交換一天。他用的是「偷梁換柱」之計，就是不想讓康宥成過得這麼舒服。

只不過，林明輝沒想到的是，圖書館志工竟然這麼辛苦！即使拉著鐵倫一起去，還是不輕鬆。根本撈不到好處！

星期二
老師，康宥成值日生沒有做好，就跑了！
老師，康宥成作業沒有訂正完……
老師，宥成沒有漱口……
咦？宥成今天怎麼沒來做志工？
他功課沒訂正好，老師不讓他來，今天換我來代班。
嘻嘻！看我用一招「偷梁換柱」！
阿姨，以後乾脆讓我代替康宥成來這裡好了。
我的好朋友陳聿倫也可以一起來嗎？多一個幫手好做事嘛！
好吧，那你們要好好做，不能只顧著休息。
才過了十分鐘，你們怎麼在休息了？這裡還有一袋資源回收，跟這一車的書……唉！
星期四
你們把這兩袋資源回收拿到地下室之後，就可以回教室午休了！
圖書館
啊？不必排書了嗎？
不必了，以後圖書館裡的工作還是讓宥成來吧。
宥成，以後圖書館的志工還是麻煩你吧，等你把書排完，阿姨再請你喝飲料。
嗯，謝謝阿姨！

林明輝便利貼

「偷梁換柱」之前一定要看清楚是什麼梁換什麼柱，如果像我這樣費盡心思卻換到一個辛苦的工作，又沒有好報酬，那可真是踢到大鐵板啊！

失誤指數 ★★★☆☆

奇計積分 林明輝90分

偷梁換柱

偷梁換柱是指暗中改換事物的內容、性質，透過欺瞞來達到目的。

春秋晚期，晉國有韓、趙、魏、智四大家族掌握著大權，其中又以智氏的勢力最大。

正卿智瑤趁國君要討伐越國的機會，命令其他三家貢獻土地，來充實軍餉。

韓、魏兩家相繼獻上土地，只有趙氏不願配合，於是智瑤大怒，決定率領韓、魏、智三家的家兵攻打趙氏。

趙氏家主趙襄子退守晉陽，眼看晉陽危在旦夕，家臣張孟談向趙襄子獻上「偷梁換柱」之計。既然智氏以韓、魏為「梁柱」，趙氏何不把這「梁柱」換過來成為自己的「梁柱」，回頭反攻智氏？

於是，張孟談祕密會見了韓氏及魏氏家主，說明三家之間的利害關係，並與他們訂下盟約，共同反抗智氏。

另一邊，趙襄子派人深夜掘堤，引水到智氏陣營，智氏軍營瞬間陷入一片混亂，韓、魏兩家趁機左右夾擊，趙氏再率軍從中殺出。

智軍慘敗，智瑤也在亂軍之中陣亡，從此智氏宗族覆滅。

12 反客為主，臨場換將

不難找國小的手工書比賽開始報名了！比賽簡章就貼在穿堂的公告欄上。一群低年級的小朋友圍著剛剛貼上的彩色海報，大驚小怪的喊著：「第一名有獎金一千元耶！」

「真的嗎？在哪裡？」

「我也要看！」

這群小蘿蔔頭仰著頭，認真的尋找海報上哪裡有寫「一千元」。

手工書比賽的獎金很高，因為要用到的材料比較多，得到第一名的人，可以用同一本書，去投稿參加全市的比賽——那個獎金就更優渥了！

獎金高不是沒有原因的，這是個燒腦的比賽，想參加的人不多。雖然也有人期待透過這個比賽，成為未來的插畫家，或者成為一位小作家，但畢竟這種人是少數。

玫瑰老師從幾十件報名的構想圖裡精挑細選，要選出一位「圖文並茂」的參賽者，老師會個別指導這個學生，讓他代表不難找國小去參加全市手工書比賽。

玫瑰老師仔細欣賞、認真篩選，她遠看、近看、細看，她融入劇情、努力聯想，就是要從圖畫書裡，看見「靈魂」——有「靈魂」才是一本好書。

被選中的學生，往往一則以喜一則以憂。喜的是握住一張參賽入場券，這張入場券可以接受老師單獨指導，幾乎就是全校第一名了，說不定未來還能夠成為一位藝術家呢！

憂的是，要通過玫瑰老師嚴格的考驗，可不是一件容易的事，她絕對會讓人剝掉一層皮再重新長出來。

若欣沒有送出構想圖，因為她壓根不想接受玫瑰老師的「個別指導」，平常在班上的「團體指導」，已經讓她心中充滿陰影，如果要再跟老師多相處一點時間，若欣的世界恐怕會變全黑！她寧可自己畫，不得獎也沒有關係。

玫瑰老師最後挑中了班長愛佳，她寫的故事與畫的構圖都讓玫瑰老師相當讚賞。

雀屏中選的愛佳，心裡一直猶豫著要不要去，但亮亮這麼告訴她：「不經過一番嚴格的訓練，怎麼能成為插畫家？需要幫忙的時候，儘管來找我。」

愛佳只好硬著頭皮去接受磨練。

玫瑰老師要愛佳利用每天的午休時間，到美術教室去把草圖畫好，然後上色。老師講解完當天的進度之後，就在美術教室旁邊的休息室睡午覺，留下愛佳一個人努力創作。

獨自工作總是讓人覺得漫長又想睡，於是愛佳開口問：

「老師，我可不可以找一個人陪我？」

「你一個人靜靜的做不是很好嗎？」

「多一個人多一點靈感嘛，而且比較不會想睡覺。」

就這樣，亮亮可以趁著午休到美術教室陪愛佳工作。若欣說什麼也不肯去，因為她不喜歡玫瑰老師。亮亮知道自己的角色，她只是來陪伴愛佳的，所以她盡量不打擾，除非愛佳需要幫忙或是有問題，她才會提供意見。

一個小時的午休時光，亮亮在一旁看著愛佳認真的畫圖，自己也手癢起來，就帶了圖畫紙來畫畫。

亮亮決定畫一個關於她小時候的故事。

亮亮小時候住在爺爺家，每天早晨，爺爺會騎著他的老爺腳踏車，載亮亮到村子裡的小廟拜拜。

爺爺常指著廟裡的匾額教她認字：「這是『護』、這是『國』、這是『佑』、這是『民』……。」廟裡的對聯，那些寫得龍飛鳳舞的字，都成了亮亮的「字典」，爺爺還會隨時考她一下。

「這是什麼字？」

「國。」

爺爺總是開心的抱起亮亮，亮亮從來沒有答錯過。

然後祖孫倆會一起坐在廟前的石椅上，爺爺會講故事給她聽。

直到太陽漸漸升高，爺爺便載著亮亮到小村子的盡頭，一棵高大的玉蘭花樹下，在那兒，有一群爺爺的老朋友，總愛圍坐在一起聊天、泡茶。

那裡也有些跟亮亮年紀差不多的孩子，都是她的小玩伴，即使現在再回到爺爺家，亮亮還是常跟著爺爺到玉蘭花樹下，找這些玩伴一起玩耍。

想起這些點點滴滴的往事，亮亮忍不住畫下爺爺的身影、畫出小玩伴們的模樣，還有玉蘭花樹下，那些一起泡茶的阿公、阿婆。

隨著午休時間不停往前飛去，亮亮在圖畫裡，重現往日情景。

亮亮、亮亮——
啊？對不起，我一想起小時候的快樂時光，就畫到忘我了。
你畫得比我還投入呢！你看這片天空，我要畫什麼顏色比較好？
嗯……我覺得夕陽西下、金光燦燦的天空比較適合。
嗯，我也覺得淡藍色的天空太普通了。
我覺得你畫得比我好耶。
是嗎？我只是要留做紀念。
嗯……我覺得你的手工書裡充滿感情，但是我的，就好像有三個不協調的靈魂在書裡互相拉扯。
我發現你的作品真的很精采耶！
不要不要，千萬不要說要換人！
嗯……應該要派你去參賽才對！
我覺得愛佳那本也很好，我們可以一起讓她的手工書變得更好！
我還是會把我這一本做完，但我也覺得應該送亮亮的作品去比賽，才有得獎希望。亮亮，我支持你！
好吧，既然愛佳也支持，我就來個「反客為主」吧！
爺爺和我的燦爛時光

黃孟凡便利貼

我真是個豬隊友，陪愛佳畫畫陪到「反客為主」，愛佳辛苦畫了半天還把機會讓出來給我。希望用這本手工書去參賽能有好成績，才不會辜負愛佳的退讓。

失誤指數 ★★☆☆☆

奇計積分 黃孟凡90分

反客為主

「反客為主」是「化被動為主動」，或是「轉次要為主要」的一種進攻方式。

東漢末年，袁紹的勢力不斷擴大，聲勢也日益壯大。屯兵在河內的時候，糧草接濟不上，袁紹心裡很是著急。

就在這個時候，昔日好友韓馥正在冀州擔任州牧，他知道情況之後，立刻送來糧草，幫助袁紹度過難關。

仰賴別人不是辦法，袁紹決定聽從謀士逢吉的勸告，去奪取冀州的糧倉。冀州州牧韓馥幫助過自己，袁紹雖然有顧慮，但他還是想了一個辦法。他先派人送信給幽州的諸侯公孫瓚，兩人密謀聯合攻打冀州。

然後又派人跟韓馥說，公孫瓚想聯合袁紹攻打冀州，如果韓馥能跟袁紹同一陣線，共同對抗公孫瓚，才有保全冀州的希望。

韓馥覺得有道理，便開門迎接袁紹進城。這位進城的客人，表面上尊重韓馥，實際上卻四處安插自己的人，擔任冀州各部門的要員。

當韓馥驚覺人事全非的時候，已經太晚了。他這個「主人」已被「客人」取代。為了保命，韓馥只能逃出冀州，另尋出路。

期末統計

一個學期下來，奇計班同學們都掌握了運用計策的時機與方法。現在他們明白，除了巧用計謀之外，有些事還是需要努力練習，才能成功。現在就來統計一下，這個學期他們運用了哪些計謀，每個人的積分又各是多少？

黃孟凡
笑裡藏刀
拋磚引玉
擒賊擒王
反客為主
90分
康宥成
打草驚蛇
欲擒故縱
借屍還魂
85分
林明輝
苦肉計
隔岸觀火
瞞天過海
偷梁換柱
90分
林愛佳
反間計
李代桃僵
80分
楊若欣
調虎離山
指桑罵槐
美人計
渾水摸魚
90分
陳聿倫
圍魏救趙
假痴不癲
借刀殺人
暗度陳倉
釜底抽薪
遠交近攻
假道伐虢
98分

推薦文

透過活靈活現的校園三十六計，見識看似高深的老祖先智慧

◎文——許慧貞（花蓮市明義國小教師）

還記得那所位在「找不到山」上，終年雲霧圍繞的「找不到國小」嗎？岑澎維老師領著小讀者在其中和慢慢來老師、神出鬼沒的校長、絕不找錢阿姨周旋，盡情享受好玩得不得了的校園生活。連我這個大讀者也跟著流連忘返，對那所「找不到國小」念念不忘。

終於，岑老師再度為我們創造了這所「不難找國小」（雖然還是挺

難找的）。只不過，在「不難找國小」的校園中，小朋友不再只是忙著玩，而是得用心計較的將「三十六計」運用在校園生活中，除了為自己消災解難之外，還可以為同學提供各種的神救援。當然，救援失敗的機會也是在所難免，而這才是實際生活上的真相，也是最值得孩子從中學習的部分。

閱讀這套書時，帶給我許多驚喜，除了各種計謀，如何在現代校園中的巧思運用之外；更棒的是，在每篇故事的末尾，岑老師會以深入淺出的文字，介紹這些巧計的歷史典故，讓我們對老祖先的智慧能有更進一步的認識。

比方說，我原先一直以為「三十六計」本就是指三十六條計策。在岑老師的說明下，才知原典中「檀公三十六策，走為上計」，指的是檀公計策很多，「三十六」在此是虛數，代表很多的意思。至於後來如何化虛數為實數，拼湊成今日的三十六條計策，正是在歷史長河中，集結眾人智慧所激盪出的美麗浪花。

在描寫孩子的生活點滴時，岑老師不僅幽默且相當到位。像阿輝從「亂拿別人的錢是不對的」這件事當中，得到的體悟是：「胡亂花別人的錢，是不對的，一定要小心翼翼的花，不能光明正大的花，否則被逮到，後果不堪設想。」這類小屁孩自以為是、胡亂硬拗的內心戲，完全逃不過岑老師的法眼。

故事中的藍步島老師以闖關的方式，引領孩子在校園中實際操演三十六計，輔以精采的漫畫情境，用孩子熟悉的闖關遊戲語言，活用三十六計於校園環境之中。小讀者們得以透過輕鬆歡愉的閱讀情境，見識看似高深的老祖先智慧，在現代校園的靈活運用。如同岑老師所言：「在必須使用的時機，將三十六計運用在生活之中，它看似高深，其實恰當的計策也真的是，不難找啊！」

奇想三十六計❷
隔岸觀火扯後腿

作　　者｜岑澎維
繪　　者｜茜Cian

責任編輯｜江乃欣
封面及版型設計｜a yun
電腦排版｜中原造像股份有限公司
行銷企劃｜王予農

天下雜誌創辦人｜殷允芃
董事長兼執行長｜何琦瑜
媒體暨產品事業群
總 經 理｜游玉雪
副總經理｜林彥傑
總 編 輯｜林欣靜
行銷總監｜林育菁
主　　編｜李幼婷
版權主任｜何晨瑋、黃微真

出 版 者｜親子天下股份有限公司
地　　址｜臺北市104建國北路一段96號4樓
電　　話｜（02）2509-2800　傳真｜（02）2509-2462
網　　址｜www.parenting.com.tw
讀者服務專線｜（02）2662-0332　週一～週五：09:00~17:30
讀者服務傳真｜（02）2662-6048
客服信箱｜parenting@cw.com.tw
法律顧問｜臺英國際商務法律事務所・羅明通律師
製版印刷｜中原造像股份有限公司
總 經 銷｜大和圖書有限公司　電話：（02）8990-2588

出版日期｜2023年10月第一版第一次印行
定　　價｜330元
書　　號｜BKKCJ103P
ＩＳＢＮ｜978-626-305-555-1（平裝）

訂購服務
親子天下Shopping｜shopping.parenting.com.tw
海外・大量訂購｜parenting@cw.com.tw
書香花園｜臺北市建國北路二段6巷11號　電話（02）2506-1635
劃撥帳號｜50331356　親子天下股份有限公司

國家圖書館出版品預行編目（CIP）資料

奇想三十六計2：隔岸觀火扯後腿／岑澎維 作；茜Cian 繪. -- 第一版. -- 臺北市：親子天下股份有限公司, 2023.10
144面；17X21公分. --（樂讀456系列；103）
國語注音
ISBN 978-626-305-555-1（平裝）

863.596　　112012213